청어詩人選 321

달빛 씨알을
품다

이태호
시조집

청어

시인의 말

착상부터 생산까지 내 시(詩)의 모태(母胎)는 따뜻한 남쪽 고향 어머니의 바다다. 장성한 자식들이 그 속을 헤집어도 한바탕 폭풍 일어 온 누리 뒤집어도 한 마디 불평이 없는 깊은 심연의 바다, 헤아려 읽으려 해도 그 깊이를 알 수 없고 읽으면 읽을수록 그리움만 배어나는 어쩌면 평생 읽어도 다 읽을 수 없는 위대한 장편 서사시, 어머니의 바다…, 그 황금어장에서 오늘도 나는 시를 낚아 올린다.

하지만 낚아 올리는 것만이 능사는 아니다. 비린내 풍기는 날것의 시편들을 비늘이며 지느러미 같은 군더더기 거둬내고 정성을 다해 씻고 다듬어 맛깔나게 요리해 내놓는 것은 전부 나의 몫이다.

시를 좋아하는 독자들은 입맛이 까다롭다. 최상의 고급 요리는 아니라도 어느 정도 간이 맞고 먹을만 해야 한다. 그래야 독자들은 그 메뉴를 보고 다시 찾고 품평도 후하게 내놓는다. 그만큼 심혈을 기울이지 않으면 좋은 시를 쓸 수 없다는 것을 수십 세월 시행착오를 거치며 느낀 바다, 이렇게 우리 가락, 시조를 힘이 다할 때까지 쓰다 몇 줌 재로 어머니의 바다에 안길 것이다. 끝으로 시조를 쓸 때 좌우명처럼 스스로 다짐하며 되뇌는 말이 있다.

"시는 누구나 쓸 수 있다.
　그러나 좋은 시는 아무나 쓸 수 없다."

2022년 겨울
이태호

황혼 즈음

산국 향기 무르녹은 내 사유의 놀빛 산란

팽팽한 기다림 끝에 낚아 올린 은빛 시편

이제는 방생해도 되겠다

다 덧없는 것들

달빛 씨알을 품다

4부 오메!

5부 꽃잎은 지고

1부

경전(經典)

경전 1

언젠가 난 어렵사리 맹자 7편을 읽었고
지금은 갈피 닳은 '아내'를 읽는 중이네
필생을 두고 다 못 읽은
책이 또 있네
'어머니'

'새끼'라는 의미

빨아주고 핥아주던
꽃사슴
어머니

멀쑥한 아들 손잡고
이승 끈 거두던 날

끊길 듯 숨결 고르며
맺는 말
'내 새끼'

경전 2

〈어머니〉
별은 저리 빛나는데 곤히 잠든 어머니
젖가슴이 마치 텅 빈 우렁이 껍데기네
누가 다 파먹었을까
그 풍요의 곡선을

〈외숙모〉
작달비 자근자근 뼈마디 주무른 한낮
꽃 지고 봄 보내고 씨앗 다 날려 보낸
민들레 야윈 꽃대만
흔들리고 있었다

다시 그 섬에 들다

"죽으면 썩을 몸 아껴서 어디에 쓰겠냐"
쪼그라든 가슴처럼 울컥 잡히던 말씀
비릿한 갯바람 일어 환청으로 들려온다

피붙이 육 남매 낳고 홀로 선 울 어머니
돈을볕 등에 업고 한바다 발싸심하던
개펄 위 폐목선처럼 기우뚱 앉아 있다

한숨만 무성히 자란 시름 깊은 적막 속
열두 줄 가야금처럼 무릎 베고 누워본다
손길이 이마를 짚는다, 저녁놀이 얹힌다

그리운 헛기침

뒷간에 들어갈 적 또 속에서 용변 볼 적
아버지는 인기척으로 헛기침을 하셨다
다 늙은 수사자 같이
엉거주춤 그렇게

외상 술 거나하게 드시고 오시던 날
혼자서 구시렁대는 어머니 등쌀에
벽 보고 뒤돌아 앉아
맥없이 내던 소리

속 시원히 허공 향해 사자후 토해내던
기력 다 어디 가고 헛기침만 뱉으셨나
오늘은, 오늘은 문득
그 소리가 그립다

아내의 봄

1.
동동주로 맑게 갠 취기 걷힌 하늘이다
한동안 가슴 앓던 첫사랑의 붉은 기억
지금은 가뭇 희미한
불 주사 흔적 같은

2.
푸른 꽃대 꺾는 날은 연한 유채꽃 향기
그 꽃밭 어딘가에 벤치 하나 놓여 있어
엄동을 넘은 바람이
지친 깃을 접나니

3.
봄볕에 매화나무 여드름 톡톡 터질 때
순한 마음 한 덩이 누룩으로 곰삭아
말갛게 농익은 은유
노을이 뜨고 있다

아내의 발을 보며

티눈 박인 저 맨발, 사막 속 선인장 같다
굽 닳은 가죽신을 낙타처럼 끌고 온
짓물러 쓰라린 날들
꽃물마저 지워졌다

모랫벌을 질러온 발자국의 고된 순례
오늘, 나는 보네 허방 짚던 비탈길을
별자리 키워낸 흔적
그 길을 지금 보네

세월이 덧쌓이면 굳은살로 박이는가
엄숙히 무릎 꿇어 저 발에 입 맞추고
한 동이 향수를 뿌려
내 죄를 씻고 싶다

가을 아내 1

그녀의 몸에선 늘 양념 냄새가 난다
털어내고 떼어내도 달라붙는 건망증
색시 적 푸른 기억은 화르륵 단풍 들고

얌전한 속마음은 안개에 가려 있다
초승달 그렁그렁 그늘 깊은 눈자위
바스락 떨리는 어깨 가랑잎 흩날리다

망망한 달빛 건너 오롯한 섬이 하나
내 어찌 저 세월을 노 저어 갈 것인가
슬며시 내보인 속말, 가을이 문득 붉다

가을 아내 2

구절초 일렁이는 가을빛이 곱습니다
꽃 따서 찌고 말려 찻물에 띄워놓고
우러난 그대 속마음
기울여 따릅니다

저무는 가을 소리 차마 듣지 못합니다
밤새 가늘게 떠는 갈대청 울음소리
오늘은 그대 몸에서
그 소리 듣습니다

꿈결 속 뒤척임은 어미 연어 몸짓입니다
지느러미 헤지도록 굽이굽이 오르다가
모천에 몸을 풀고는
붉게 붉게 앓습니다

박물관 소견
−분청사기 상감연화당초문 병*

덩굴무늬 선명한 곡선의 몸 매무새
꼬옥 껴안으면 감겨들어 바스러질
몇 감고 막 나왔는지
촉촉이 젖은 살빛

바람불면 넘어질까, 만지면 닳아질까
정인이 빗겨 올린 트레머리 낭창대며
그림**속, 조선 여인이
사뿐 걸어 나온 듯

그저 곡조 한가락 진양조로 깔아놓고
달빛도 숨어들어 출렁이다 저무는 곳
당초 꽃 너붓한 자리
마음 봉긋 떠가라

*보물 제1067호, 국립중앙박물관 소장
**혜원 신윤복의 〈미인도〉

당초무늬 찻잔

꽃잎 향 묻어오는 바람결이 연합니다
하늘이 씻어 말린 햇차 몇 잎 띄우면
생각도 같이 깊어져
찻물이 든답니까

도공이 막 구워낸 살빛이 곱습니다
덩굴무늬 낭창한 내 사랑 몸맨두리
지그시 눈을 감으면
와락 안겨 젖을 듯

국화꽃 두어 송이 찻잔에 띄웁니다
그윽이 퍼져오는 파문 같은 소문들
눈썹달 설핏 다가와
귓불을 간질입니다

충전기

기진맥진 친정에 온 방전된 딸아이를
아내는 주섬주섬 아랫목에 눕혀 놓고
다정히 젖을 먹이듯 플러그를 꽂는다

그렇듯 여러 날을 모든 걸 다 내주고
아내마저 소진하여 끙끙 앓아 누우면
나는 또 그녀를 위해 충전을 시작한다

까치 둥지

기다림은 누구에게나 외로운 섬이 된다
만신창이 가슴뿐인 고독을 끌어안으며
환하게 밤길을 여는
외등의 묵상기도

무작정 무대에 올라 헛디뎌 넘어져서
까치발 절룩대는 엑스트라 비애처럼
하루치 몸값을 얻어
찾아드는 가장들

둥지 속 눈빛들이 초롱초롱 빛날 때
한바탕 아비 등짝, 오작교로 놓여서
새끼들 웃음소리가
은하수로 흘렀다

빈집

세간살이 거둬내고 제비도 날려보내고

뎅그랑 바람 운다
쓸쓸히 풍경 운다

모든 걸 다 비워내면 저리도 고요하다

가야금산조

한바다 물 밀어오는 선홍빛 그리움의
목 내민 돛배 하나 가물가물 가라앉는
해거름 숨이시 타는 서러운 가락이여

남 몰래 울어 울어 달빛도 서린 밤은
명주실 얼기설기 온몸으로 풀어내어
올올이 일렁거리는 젖은 내 가슴이야

은하별 뒤척이는 이 밤이 다 지나고
부시게 돛배 가득 햇살 싣고 올 적에
눈물진 그 고운 얼굴 보듬어 맞으리라

백련사(白蓮寺)

만덕산 품고 있던 새벽안개 걷혀 가자
아늑한 산자락에 물 머금은 백조 알 몇
부리로 탁탁탁 쪼면 날개 꿈틀 펼칠 듯

금세 벙근 백련꽃을 잎사귀로 받쳐 들고
예닐곱 살 동자승이 잠방잠방 건너오는
봉오리 뽀오얀 볼 살, 살짝 붉은 저 미소

달빛 보살 느루 앉아 소슬히 멱을 감고
다산초당 별빛들이 떼 지어 마실 나온
백련차 우려낸 허공 풍경소리 청아하다

오직
―마이산 탑

'오직'은 절실한 낱말, 한 점만을 섬기는
세속의 군말 따위 귀를 주지 않는다

오로지 바람을 향해
제 키만 키울 뿐

출렁대는 동사(動詞)들도 화려한 그림씨도
층층 쌓인 언어 앞에 하얗게 무너진다

절망아, 허한 마음아
돌탑으로 솟아라!

새벽, 통영 앞바다

속곳도 흥건히 젖은 반도 끝 사타구니
솟구친 촛대바위, 숨비소리 감아 돌고
목울대 뽑아 올리며
소라, 전복 고동치다

물너울 받아넘기는 한살이 겨운 고갯짓
넌출 채 건져 올린 어둠 풀어 내리면
앞섶에 파들거리는
은빛 싱싱한 비린내

꽃멀미 게워내고 물굽이 발싸심하는
결기의 춤사위는 기쁨이냐 노여움이냐
징소리 번진 하늘에
불끈, 해가 솟는다

다도해

백악기 공룡들이 강중강중 건너뛰었을

섬들이 옹기종기
물세례 받습니다

나도야 새끼 손잡고 건너뛰고 싶습니다

2부

유년의 고향

유년의 고향 1

산자락 개여울엔 동요가 찰랑이고
실안개 낮게 낮게 수면 위를 덮던 날
먼발치 등 굽은 언덕
할매처럼 고왔다

바람도 야위어간 허기진 여름밤에
별 하나 훔쳐 들고 달빛 속에 숨으면
하늘 끝, 빈 들녘에서
손짓하는 어머니

유년의 고향 2
−보름달 서리

그날도 보름달은 넌출을 뻗고 있었다
허공에서 키워 낸 때깔 싱싱한 달빛
컹컹컹 개 짖는 소리는 수박 물이 들었다

한밤중 밭두렁에 반딧불이 눈뜰 때면
벌거숭이 하늬바람 자맥질은 시작되고
한바탕 후드득후드득 소나기 훑고 갔다

타던 내 유년은 단물 붉게 젖어 있었다
낌새 챈 원두막은 헛기침만 해댔고
솔수펑 애솔나무도 달 하나 베물었다

유년의 고향 3

보리타작 가스라기 파고들어 열불 나고
아버지 술 거나하니 낮달로 떠 있을 때
어머니 화풀이 화살은
나에게 와 꽂혔다

잔뜩 뿔 난 철부지, 소 궁둥이 냅다 지르면
까맣게 찌푸린 하늘 번뜩이는 우레 성깔
장대비 나를 뒤쫓고
소는 펄쩍 날뛰고

그 무렵 정수리 쇠똥은 버짐으로 번졌고
코앞 잿빛 나들목엔 도랑물 훌쩍거렸다
은밀한 내 골짜기도
털갈이를 시작했다

조팝꽃 환한 내막

아궁이의 불빛은 어머니처럼 따뜻했다
누렁이는 눈치 살피며 주위를 겉돌았고
솔가지 타는 연기는 허기로 피어올랐다

손맛 담아 버무린 다정한 저녁 한 끼
바닥난 빈 그릇에 눈빛들 고물거리면
어머닌 구들장처럼 무너져 내려앉았다

그때는 정말 몰랐어 철 들고서 알았어
밤이면 무덤가에 쑥국새는 왜 우는지
조팝꽃 환한 내막을 이운 뒤에 알았어

대보름

양지쪽 언덕 아래 동갑내기 계집애들이
껌 하나씩 입에 물고 죽을 치고 앉아서
씹다가 만지작대다
풍선을 불어댄다

더러는 장난기 섞인 까까머리 녀석들이
다 삭은 초가지붕을 오르락, 내리락
몇몇은 굴러 떨어져
깨지기도 하면서

술 바가지 조롱박은 정월도 대보름날
나물에 오곡밥에 더위까지 얻어먹고
부럼에 귀밝이술에
하, 대박 대박이네

불알친구

입담 찰진 녀석들과 세발낙지 먹는다

먹빛 진한 유년이 설핏 번져 씹히고

쫄깃한 남도 사투리 쩍쩍 엉겨 붙는다

고향 사투리

어머니 생전 말씀
가슴에 묻어 놓고
힘들고 지칠 적마다 한마디씩 꺼내본다
곰곰이 음미할수록
깊은 맛이 감치는

"단감 쪼깐 보낸께 새끼들 멕에라 이"
씨알 고운 사투리가 햇살처럼 쏟아진다

상자째 금방 배달된
내 고향 택배다

빈 괄호

시험지 괄호 속에 (어머니)란 답 대신
회초리 들고 있는 사람 하나 그려 넣고
지우고 다시 그리던
아련한 유년의 기억

황혼의 문턱에서 뒤늦게 가슴을 친
못내 채우지 못한 괄호가 하나 있다
(어머니! 사랑합니다)
그 먹먹한 한 마디

장대비 맞은 까닭

빗소리는 부드럽다, 그 여린 손길 같이
살며시 다가와서 나무들을 깨우고
먼 하늘 우렛소리에 새들을 불러 모은다

태풍에도 눈이 있다, 감춰둔 깊은 속내
한 생애 땅에 바쳐 메숲지 흔들어 놓고
뒷모습 저리 아프게 여위어 갈 줄이야

비바람은 스러지며 나무들을 키워내고
에둘러 수풀 일궈 새들의 울이 된다
이 한 몸 묘에 엎드려 장대비 맞은 까닭

팽이

이 한 몸
곧추세운 건
매서운 회초리었네

허공에 울부짖었네
클로디어스 독백*처럼

사람아
흔들리는 사람아
얼음 강에
서보라

!

*클로디어스 독백(셰익스피어 〈햄릿〉 중에서)
비록 이 저주받은 손이 눌어붙은 피로 껍질이 두터워졌어도, 하늘은
이 손을 눈처럼 하얗게 씻어줄 은혜로운 비를 내릴 수 없단 말인가?
인간들이 더 이상 죄를 범하지 못하도록 하는 것과 같이, 이미 저지
른 죄악을 용서받기 위함이 아니라면 대체 하늘의 은총이 존재할 까
닭은 어디에 있겠는가? 그렇다, 아직도 희망은 있다! 나의 죄는 이미
과거의 것이 아닌가? 아! 하지만 무엇이라 기도를 해야 하는가? 악독
한 저의 죄를 용서해주소서, 라고 할 것인가?

떠도는 섬에 들다

⟨씻김비⟩
한바탕 굿거리로 소리소리 내린 비는
하늘이 풀어내는 고풀이 씻김굿이네
오장(五臟)을 다 쏟아내고
환장하게 푸르다

⟨접시꽃⟩
앞마당 접시꽃은 갓 부쳐낸 꽃 부침개
펄펄 끓는 불볕에 아픈 등을 지지고
알알이 여문 햇살을 살붙이로 품었다

⟨해거름⟩
바다가 흡족히 누워 핏덩이에 젖 물린다
가슴 다 내준 채 하르르 눈을 감는다
천추(千秋) 그, 천근 시름을
황혼녘에 부려 놓고

눈 쌓인 고향 아침

〈해송〉

깡마른 목숨들이 정진하는 모습이다
몰아치는 눈발이며 단출한 흙집이며
경관은 한 폭 세한도
완당의 결기 같다

〈독거〉

옹기장 아비 두고 출가한 지 수십 년
정갈한 처마 아래 풍경 소리 뿌려놓고
장독은 하얀 고독을
사려 품고 앉았다

〈탁발〉

고라니 길을 본다. 표표히 새기고 간
꽃눈 번 매화 가지에 눈망울 떨궈놓고
서둘러 왔다 간 마당
발자국이 시리다

까치밥

봄날도 쾌한 봄날 나도 한 점 별이었지
밤새 물 길어 올린 감나무 꼭지를 빨며
신나게 자맥질하던 살빛 연한 꽃이었지

어쩌면 잠결 속 아득한 꿈이었을 거야
폭우 속 그 천둥도 들꽃들의 아우성도
내 몸을 흔들어 깨운 장엄한 음악이었을

마침내 가을 뒤란 바람 앞에 혼자 섰다
묵은 어둠 지우고 떫은 생각 우려내고
아! 이젠 넘어야 하네, 가파른 저 엄동을

눈빛들 동동거리는 허허 벌판 한 모퉁이
시린 볼 발그스레 까치놀 익어 갈 때
아직은 따뜻한 가슴 한껏 열어 보이며

풍선껌을 추억하다

한가을 찻집에는 단풍 물든 누이 또래
진분홍 입술들이 유년의 푸른 기억을
꺼내어 만지작대며 수다 떠는 모습이다

개중엔 시월 햇볕에 타닥타닥 콩깍지 버는 소릴 내며
회색 도시로 밥 벌러 떠나가고
그 몇은 유리벽 속의 꽃이 되기도 하고

부풀던 헛바람에 꿈은 다 터져버리고
씹으면 씹을수록 단물 진 자국만 남은
첫사랑 고 계집애가 벌써 황혼이라니!

반딧불, 반딧불 같은

1.
산골 마을 불빛들이 옹기종기 따뜻한 건
움츠렸던 웃음들이 빵, 터지기 때문이다
여울가 꽃다지들도
실눈 뜬 초승달도

2.
물수제비 뜰 적마다 가슴을 내주는 강
무시로 발을 헛디뎌 미끌리는 별들아
새하얀 덧니가 예쁜
젖은 머리 수련아

3.
어둠을 걸어 나온 스물 즈음 내 청춘아
망망한 시간을 건너 떠도는 반딧불아
순결한 내 눈먼 사랑아
가뭇한 그리움아

아름다운 물결

본래 너의 뿌리는 고단한 심해 어디쯤
비린내 풀풀 풍기는 흑산도 그 바닷가
가시내 거무튀튀한 속살 같은 결이거나
세상을 순수 부랑하는 자유의 몸이거니
그래, 서툰 비유로 의미를 꾸미지 말자
절명의 춤사위 앞에 언어들이 스러진다

무인도

나를 낳고 길러준 그 섬이 그리워서

한바다 가로질러 설레어 갔더니만

그 섬은 거기에 없고 별만 총총하더라

해금(奚琴)에 관한 생각

쓰르라미 울음소리 톱밥처럼 쌓이는 녘
두 줄 질끈 감아 물고
앓고 있는 저녁 산통(産痛)
홑청의 푸른 적막을 톱니처럼 뜯고 있다

힘주어 당길수록 사위는 더 팽팽해지고
끊길 듯 이어가는
아리고 시린 음색
여자여, 순한 하와여, 내 한쪽 갈빗대여

처마

선잠 깬 동자스님 귀 씻는 풍경(風磬)입니다

사뿐히 추켜올린 춤입니다. 버선입니다

깃드는 그대를 위해 갓 켜든 초롱입니다

소나기

한때는 뜨거운 가슴이었지, 너와 나

애써 웃음 지으며
그렁그렁 맺힌
정(情)

떠난 날
와락, 안기어
펑펑 울던
소랑아

3부

지리산에 들다

지리산에 들다 1

들길은 들길끼리 서로 얽혀 헝클어지고
산길은 산길끼리 흐벅지게 봄을 열고
질탕한 섬진강가엔 사투리 톡톡 터지고

산행 길 멀다 하여 가로지른 지름길
가풀막 넘자마자 아뿔싸, 겹겹 절벽
에돌다 해는 저물어 눈썹 위에 아득하다

지리산에 들다 2

한때는 숲 속 한 녘 물 긷고 별을 치던
어쩌다 얼기설기 곤두박인 한살이들
아직은 맥박이 뛴다, 서둘러 길을 가자

가마 저 어둠 속을 뜨겁게 달군 참나무
문이 열린 그 순간 놀빛 한껏 토해내는
갓밝이 출산 풍경이 바로 저런 것 아닐지

불꽃이 내지르는 아우성을 듣다 보면
목마른 그리움은 한 줌 시린 바람일 뿐
새물내 살붙이들을 가슴으로 껴안는다

불 속에 뛰어들어 숯이 될 수 있다면
오늘 내가 가는 길이 먼 허공일지라도
흐르는 구름 뒤편에 풍란을 키우고 싶다

착상

새 한 마리
만파식적 전설로 내려앉아
이 골 저 골 대나무숲에
소쩍, 소쩍 울다가
불면의 냉가슴 창을
번쩍, 깨부순
고 순간

아니면
풀벌레 울음 숨죽이는 새벽 뒤란
싱싱한 별빛 하나 쏜살같이 내려와서
만월의 질항아리에
풍덩, 안기는
고 순간

눈 오는 풍경

섬진강 눈길 따라 악양에서 구례까지
참판댁 아낙인 듯 나무들이 걸어간다
소복이 백설기 떡을 한 소쿠리씩 이고서

마지막 풍경들이 소실점에 닿을 즈음
온 누리 인심들은 백설기를 닮아서
입 가득 베어 먹으면 누는 똥도 하얗겠다

주모와 시

뻐꾸기 종일 앉아
타령조로 우는 주막

막걸리 한 사발과 버무려 놓은 사투리

아, 시(詩)란
바로 이런 맛

주모의 손맛 한 접시

노루궁뎅이버섯

짝짓기하던 암노루
인기척에 깜짝 놀라
넋은 그냥 버려두고
몸만 챙겨 뛰는데
허전해 뒤돌아보니
궁둥이가 없어라

그 후 궁둥이 찾아
산속을 헤매는데
줄참나무 등걸에
첩실처럼 엉긴 궁둥이
어느새 건들바람이
몇 번 훑고 갔어라

폐교

고무줄 감고 놀던
풀빛 아이 간데없고

먼지 낀 칠판 위에 흘리고 간 손가락 글씨

영자야, 보고잡데이
이 문디
가스나야

해토머리 1

들녘은
소소리바람
번지는 해쑥 향기

목덜미 흰 아내가 술상을 차려 왔네

술잔은 한 줄 시 같고
따르는 손은
목련 같네

해토머리 2

불그스레 꽃물 오른 산자락 몇 거느리고
하얗게 혓바늘 돋은 잔설을 품에 안고
아버지 한살이 닮은 지리산이 앉았네요

주절주절 말문 터진 샛강 몇 거느리고
매화꽃 울음 터뜨린 마을을 품에 안고
어머니 한살이 닮은 섬진강이 흐르네요

해우소에 앉아

1.
문 하나 사이에 두고 하늘 참 다르구나
매화 벌 때 아픔이며 꽃잎 질 때 시원함
소슬히 바람만바람만
진눈깨비 흩날린다

2.
파리가 땅에 엎드려 묵상하는 시늉이다
필생 걸어온 길을 가늠해본 것일 텐데
제 깜냥 해본 일이라곤
먹고 싸고 번식한 일

3.
결국 생은 설핏 번진 묵언의 별똥 같은 거
가령 매명(埋名)의 엉덩이가 남긴 몇 올 온기
삶이란 바로 이런 거
머문 바람의
찰나

봄까치꽃

어머나
옹골진 것
옹알대는 저 꽃 좀 보아

내 새끼 사뿐사뿐 까치발로 걸어왔나

지천에
발자국이네

촘
촘
촘

꽃잔치네

사과밭에서

하나 낳아 잘 키우자던 꽃 시절 봄이었나
달밤에 꾼 태몽에서 광주리째 품에 안긴
고것이, 고 예쁜 것이 탱글탱글 영글었다

소나기에 함빡 젖은 아슬아슬한 실루엣
풋내 가신 몸피듬 쓰다듬고 쓰다듬으며
여보, 이 옹골진 것을 어쩌면 좋아, 글쎄

바위너설 박한 땅에 함초롬 달게 영글어
볼기짝 깨물고 싶던 열여덟 살 딸만 같아
황혼 녘 아내는 연방 붉은 탄성을 지른다

봄, 천왕봉*

만리를 굽어 살피는 넉넉한 산이 있다
널리 펼쳐 이롭게 할 후덕한 산이 있다
다도해 쪽빛 섬들이
너부죽 조아리는

황원에서 뼈가 굵은 그는 왕 위에 왕
현해탄 대마도며 물질하는 삼다도
먼 바다 이어도까지 다
그 앞에 무릎 꿇다

푸른 망토를 걸친 전사들이 몰려온다
목 놓아 부르짖던 사상가는 붉게 가고
수천의 제후(峰)를 거느린
궁궐 하나 우뚝 서다

금빛 보좌에는 청포 두른 천왕이 있어
섬나라도 태평양도 눈 아래 두었으니
온 누리 온갖 만상(萬象)이
그 아래 졸(卒)이다

*지리산의 최고봉

노루귀꽃

어미를 기다리다 배고파 보채다가
별안간 가까이 발자국 소리 다가오자
쉿! 하며 노루 새끼들 귀 쫑긋 세우는

가녀린 저 꽃 하나 업둥이로 데려와서
노루귀라 이름 짓고 수양딸 삼으련다
눈 맞춰 두 손 뻗으면 아장아장 안길까

새소리 냇물소리 동화책에 담아와서
가야금 현을 타 듯 밤 새워 들려주면
사르르 잠들 것 같은 내 사랑 노루귀꽃

엉엉

동박새 꽃잎 떨구며 철 따라 붉게 울고
바람은 가지에 달려 줄기차게 우는 데
나는 왜 사내로 태어나
실컷 울지 못하나
드난살이 팍팍할 때 물음표로 울었고
어버이 주검 앞에 느낌표로 울었네
한 번은 휴전선에서
속울음 울었을 뿐
강 물결 환호작약 들꽃들의 축제 속에
동토에 봄이 오면 범 되어 울어야겠네
백두산 천지에 올라
수컷처럼 어엉-엉

요로결석 1

⟨지리산 단풍⟩

가을에서 뼛속까지 단풍이 참 곱습니다
골골 널린 총알 흔적 삭으면 그만이지만
어쩌다 깊숙이 박힌 대못 하나 있습니다

경계를 허문다는 거 참 좋은 일입니다
상처를 지운다는 거 더 좋은 일입니다
하지만 빨갱이란 대못 너무나 아픕니다

⟨시작(詩作)⟩

괄약근 또 조여본다
달빛마저 풀린 시각
짜고 또 쥐어짜도 오줌발 시원치 않고

며칠째
시(詩)의 강 또한 건천(乾川)
자갈자갈 자갈밭

요로결석 2

담쟁이 담을 넘는 적요한 마당가에
풋고추 곧추세워 오줌을 누는 아이
달밤에 번지는 먹빛
한 폭의 수묵화다

포물선 길게 뻗어 대나무도 그려보고
울 너머 개망초꽃 깨금발로 훔쳐볼 때
들킨 맘 슬쩍 감추며 딴청도 피워보고

막힌 통증 깨부수고 봇물이 터진 날은
내 유년 흙 담장에 그림을 담고 싶다
오줌발 휘휘 내둘러
춘란을 치고 싶다

4부

오메!

오메 1
−만리포 동백

볼기짝
도드라져

오를 대로
꽃물 오른

실팍진
속살 좀 봐

어쩌나
저걸 어쩌나

동백꽃
확 지르네

오메, 저
가시내

오메 2

〈단감〉
낯짝에 점도 몇 개
생긴 건 볼품없어도
오메, 저것 보란께 허벌나게 달아오른
주홍빛 남도 사투리
숭어리로 달렸네

떠나간 내 첫사랑
보름달도 둥시럿
풋내 나던 속정까지 탱탱하게 익어서
천하에 몹쓸 가시내
곱기는 썩을 것이

〈개살구〉
가물어 더 탱탱해진 여름 끝물 개살구
씨알 몇 달랑 매단 고것도 살구라고
물오른 개울가 자두 낯빛 후끈 달아라

오메 3

〈노을〉
일테면 아편 같은
일종의 전율이다
독성의 양귀비꽃 화드득 번져가는

저것은 빛의 몸부림

아! 통정(通情)의
그 절정

〈멧돌〉
달빛도 어스름도 저만치 비껴 앉고
창문에 얼비치는 돌쇠 부부 실루엣
한바탕 뜨거운 체위
숨 가쁘게 감는다

달빛 씨알을 품다

모란 향기 촉촉한
그대의 밀어 한 줌

냇물 소리 낭랑한 시(詩)골 답에 흩뿌릴까

비단결 내 원앙침에
고이 묻어둘까나

봄비

수백 개 손가락들이 일제히 타전한다
문자들이 스며들어 뉴스는 돋아나고
각 지의 언론이 받아 파종하기 시작했다

사부작 사부작 자판 두드리는 소리
매화꽃 소식들이 하얗게 전송되고
마침내 딸 자궁 속에도 착상이 시작됐다

풋풋한 사랑은 황혼부터

〈꽃매듭〉
우리 또 청실홍실
꽃 한 송이 피워요
씨줄 날줄 몸을 섞고 두 마음 휘휘 감아
두견이, 울음 붉을 때
꽃 맺어요 봉긋이

〈만춘(晚春)〉
저무는 황혼 몸에서 새물내 향기가 난다
창포물에 머리 감고 젖은 채 숲에 들면
놀빛 든 아내 몸에서 풋풋한 풀내가 난다

〈만월(滿月)〉
비 개고 구름 걷혀
말갛게 씻긴 얼굴
바라보다 속정이 깊을 대로 깊어져
밤이면 여미어 다가와
함빡 웃는 홍련꽃

화장을 지우는 아내

언젠가 새겨놓은 립스틱 자국처럼
가슴을 간질이는 입술의 속삭임

촉촉이 벙근 꽃잎의
싱그러운
언어여

속살 슬쩍 드러낸 아슬한 꽃의 절정
육체파 먼로의 체취가 이랬을까

동백꽃 향기가 난다
오! 상큼한
이 은유!

분청사기 꽃병

구절초 꽃 서너 송이 머리맡에 꽂아두고
색시 적 그녀인 듯 분 냄새를 맡나니
살빛은 곡선을 타고 흐벅지게 흐릅니다

명주 천 펼쳐놓고 외간 달빛 끌어들여
몰래 살 섞는 동안 귀뚜리 숨죽이나니
꽃대는 어둠 속에서 시나브로 흔들리고

살짝 열린 꽃술 위로 바람 슬몃 스칩니다
당초무늬 나긋나긋 마음 따라 설레나니
옹골진 분청 꿀피부 만지고 또 만집니다

포도주 잔

무시로
두 입술이
'쨍'하고 부딪나니

채워도 채워도 허기진
선홍빛 정사(情事)

뜨거운 취기의
곡선이
아
랫
도
리
감는다

제주도 시편

〈유채꽃〉
언젠간 물이 말라
한철 벌다 질지라도

일렁이는 이내 속내 감추지 못하겠네

날 봅서, 그대 날 봅서
꽃물 오른 이 몸을

〈애월〉
사무쳐 죽을 만큼 사랑하오, 그대여

우리 안고 속삭이던
물빛 저리 푸르른데

차오른 이 몸을 두고
어디 갑서
애월!

나비축제

열 후끈 달아오른 우화(羽化)의 푸른 마당
습기 아직 촉촉한 엄지벌레 꿈틀댄다
더러는 허물 채 못 벗어
허방 짚고 구르는 것들

번지는 물결무늬 명지바람 건듯 일자
주위 꽃나무들은 아연 씨방이 탱탱해져
괄약근 조였다 풀듯
화들짝 문을 열다

꽃 속에 촉수 꽂은 성장한 표범나비
꽁지를 내리고서 파르르 몸을 떨자
한바탕 출렁거린다
아으! 저, 오르가슴

고목 홍매화

한 떨기 꽃망울도 가벼이 맺지 않는다

칼바람 처연히 맞은
붉은 걸기며
여백

유배지 척박한 골에
가부좌 틀고
앉았다

백두대간을 건너며

〈패랭이꽃〉
가리라, 힘을 모아
끝내 벼랑일지라도
붉은 호령 솟구치는 찬란한 승리 향해
분연히 번져가리라
수천 수만 수십만

〈색소폰〉
늑골을 타고 흐르는
이 소리는 뼈의 통곡
목울대 핏대 굵은 백두대간 우레처럼
울어라, 내 한반도여
척추뼈로 울어라

〈황태덕장〉
고구려 같지 않은가
황태들의 하얀 함성
살 에는 송곳 바람 모가지 펠지라도
보라, 저 휘몰아치는
백만 대군 서릿발

나사못과 드라이버

한가을 뭇별들이 호수 위를 날아들어
비잉—빙 돌아가는 초저녁 무도회처럼
나사못, 드라이버가 한바탕 어울린다

바닥이나 추위쯤은 굴러 본 이만 알아
열십자 그은 뜻도 시나브로 알 것 같다
음각과 양각이 맞물려 돌아가는 이치도

섣부른 내 입맞춤에 튕기고 달아나던
내 연인 아프로디테*그 몸짓 못 잊겠네
왈츠 곡 스텝에 맞춰 뜨겁게 몸 포개던

*그리스 신화에 나오는 사랑의 여신

비보이 공연을 보며

퇴화된 날개들이 하늘은 날지 못하고
갸웃 휘청거리다 바람을 일으킨다
맨땅에 머리를 박고 두 발은 오그린 채

굽이치는 힙합 음악 사위는 들썩이고
낭창낭창 강물마저 시나브로 차올라
한소끔 소용돌이에 꽃들이 자지러진다

반항하듯 방황하듯 삐딱한 꽁지머리
어릴 적 나를 닮아 한참을 바라본다
놀빛도 팔짱을 끼고 저만치 비킨 자리

기립 갈채 보내주던 동무들 다 떠나고
짙은 내 그림자 문득 붉은 이순 너머
하얗게 머리를 숙인 생각들이 걸어간다

사유(思惟)의 한 녘

〈민들레〉
큰 손이 점령해버린
네온의 명동 거리
한 개 풀씨로 날아든 그 또한 밟히는 꽃
한길 가 척박한 땅에
혼자 좌판을 열고 있다

〈참매미 소리〉
온몸에 화살 맞은 여름이 나뒹군다
초록 물 낭자한 꽃잎들의 잔해 속
사유(思惟)의 한 모서리를
둥글게 허물고 있다

〈부들 ─딸애 시집가는 날〉
개울이 내 아내 젖가슴처럼 말라 있다
빨아도 빨아도 나오지 않는 젖을 물고
부들은 칭얼거리며 키만 훌쩍 키웠다

태풍이 할퀴어 제 잇자국처럼 팬 흔적
그래도 혼자 큰 양 떠날 채비 마친 부들
자르르 카펫 밟으며 꽃대 저리 흔들고 간다

잔치국수

졸깃한 면발 같은 여우비 지난 뒤끝

찬물에 멱을 감고 빠끔히 얼굴 내민

새색시 쪽진 머리에 족두리 꽃 앉았네

새벽, 가창오리
−시하늘에 띄우는 편지

수천수만 새 무리가 담수호를 점령했다
물질하다 활개 치다 비잉−빙 춤을 추는
광활한 고구려 땅의 전사(戰士)들을 그려본다

두만강 건듯 건너 역성의 땅 아우르고
유유히 철책을 넘어 그예 무혈입성한
쌩하니 불던 바람도 어느덧 잦아들고

눈 내리는 갈대 호수, 마치 무도장이다
된 마음 적셔 놓고 넋마저 빼앗아버린
저것은 한 폭의 수묵화 내가 그리던 혁명

쿵쿵 울리고 싶다, 베토벤 영웅 교향곡
어린진 활짝 펼쳐 갇힌 천장 깨부수고
붓 들어 일필휘지로 승리의 시(詩) 짓고 싶다

무겁게 우는 새야, 아직 잠 덜 깬 새야
첫새벽 푸른 찬물에 마른 죽지를 씻고
장도의 시간 속으로 날자꾸나, 도도히

진도아리랑에 부쳐

매듭 하나 풀지 못해 흘러든 남도 창을
쇠똥구리 땅 일구듯 곰삭힌 섬이 있다
궂은 날 바다가 울면
넋들도 따라 운다는

목숨이, 산 목숨이 노 저어 가던 울돌목
둥 둥 둥 북소리에 알통 불끈 솟던 물살
역사의 피막 가르며
용틀임 하고 있다

백두산 휘감아 도는 낭창낭창 어깨춤의
토문강 저 물줄기 누가 깨어 일으킬까
우뚝 선 오녀산성엔
변방의 황사 바람

반도마저 삽질하는 무리 그 북새에도
등뼈 곧은 백두대간 죽지 편 능선 타고
벽화 속 세 발 까마귀
눈부시게 날고 있다

모
−파업 철회 뉴스를 보며

모난 모 다 잘려나간 네모 난 도마 위에

모나도 모질지 않은 모가 놓여 있습니다

썰어낸 촌두부 한 모

말랑말랑한 밤입니다

5부

꽃잎은 지고

꽃잎은 지고

꽃 지고 날 저물어 조문하듯 비는 와서

불 꺼진 창에 달려 슬픈 곡을 흘리는데

꼭 안겨 볼을 비비는 그녀의 눈이 붉다

춤

이생에 날아들어 몇 송이 꽃 틔워 놓고

꼭 안겨 흐느끼며 앙가슴 적셔 놓고

쓸쓸히 허공 밖으로

사위는 연기 몇 올

찔레

이제는 지우고 싶어 언덕을 서성거렸네
날파람 스쳐 간 자리 찔레꽃은 이울어
몇 소절 연한 노래도
후렴처럼 가버리고

달빛도 날이 섰네
그 오월 한기(寒氣)처럼
넝쿨만큼 세월은 자라 앙칼지게 박혀서
허공에 톡, 내뱉는 가시
마음만 긁히고 왔네

4·19 묘역에서

간간이 메아리들 조문하듯 왔다 가는
깃발들 쓰러지고 그 함성 사태 진 골

그들은 들꽃이었다
십 대 아이돌 같은

선홍빛 저 깨끗한 피의 제단 앞에
뉘 어찌 함부로 때 묻은 손을 놓는가

나 감히 절은 못하고
뉘엿뉘엿 바라보네

달월역*

집 나간 딸애 시계는 끝내 멈춰버렸다
소문만 무성하니 대숲은 수군거렸고
허름한 벽돌 담장엔 장미가 피어 있었다

무시로 허공 향해 동네 개 짖을 때면
열차는 느슨하게 은빛 풍경 끌고 와서
허리 휜 노역의 짐만 부리고 떠나갔다

기적소리 스러진 소실점의 하얀 적막
목이 긴 그리움은 그림자로 바장였고
쓸쓸히 떠난 이별은 다시 오지 않았다

*수인선(수원~인천) 협궤열차가 다닐 당시 간이역

촛불 1

갈필로 써 내려간
흘림체 연서 한 통

나는 당신 꽃이에요, 뜨거운 눈물이에요

후생에 다시 만나도
당신과 몸을 섞을

촛불 2

꽃물 오른 이 내 정을 오색 실 수를 놓아

그대 가슴 깊숙이 두리둥실 달 띄워놓고

상사화, 상사화 같이 꽃대 하나 올립니다

백합꽃

곰삭은 세월만큼 빛도 삭은 망월 속에
흥건히 곡(哭)을 끌고 행렬이 지나간다
진혼의 슬픈 노래가 향불로 타는 봄날

핏빛으로 덧칠한 한 젊음이 야위어 간
탄환 몇 박혀 있는 그해 오월 금남로
하얗게 스러져버린 그 꽃은 소녀였다

높바람도 울다 떠난 비 젖은 비석 아래
피지 못한 백합꽃이 망울로 맺혀 있다
어둠을 떠돌다 깃든 내 친구 아리스*여!

*백합꽃으로 변해버린 전설 속의 소녀

사랑은

피아노 건반 위에 톡톡 튀는 선율 같은
속살 연한 바람 따라 허공을 떠돌다가
무심코 못에 뛰어든
한줄기 봄비 같은

어쩌면 호젓이 벙근 교태전 달빛 같은
하룻밤 짝을 위해 살 속에 은밀히 감춘
그 냄새 천리 간다는
사향의 향기 같은

향일암 그 눈썹달의 고된 만행길 같은
명자꽃 절벽 끝에 아스라이 흔들리다
처연히 몸을 던지는
선홍빛 찰나 같은

명자꽃 1

열세 살 되는 해에 달거리를 시작했다
또래보다 한 뼘쯤 먼저 철이 들었고
봄 오자 몽근 마음엔 꽃망울이 맺혔다

입 하나 덜기 위해 보내기로 결정한 밤
하늘도 돌아앉아 비 뿌리며 흐느꼈다
어떻든 몸가짐 잘 혀, 어지러운 세상이여

옷 보자기 그러안고 그예 집 떠나는 날
곤줄박이 날아들어 하염없이 따라 울던
담 너머 벙근 명자꽃 지는 태 저리 곱다

명자꽃 2

별들이 빛나는 밤
삼삼오오 퇴근할 즈음

누나, 하고 부르면
어머나!
멈칫 놀라

환하게 날 바라보다
눈시울이 붉어진 꽃

개나리

몰라,
몰라,
눈 흘기며
노랑 입술 삐쭉 삐쭉

싫어,
싫어,
고름 풀어
봄바람 후리고는

단 한 통
연서(戀書)도 없이
훌쩍 떠난
계집애

남강, 목련이 지다

1.
한때 그녀의 몸은 견고한 성(城)이었다
어둠이 무너질 때 그 성도 무너졌다
더께 진 무명저고리 한껏 풀어 젖히고

2.
하얀 새 머문 꽃자리 굿판 한창이다
애절한 사설(辭說) 한마당 흥건히 펼쳐 놓고
더러는 자지러지고 더러는 혼절한 채

그것은 바람을 향한 서릿발 맺힌 절규
어떤 신명(神命)으로 꽃잎 저리 흔들리나
소슬한 망월* 한 폭이 문득 강에 잠기고

3.
보름째 들썩이던 내림굿은 이제 끝났다
발자국 떠나보내고 는개에 젖는 나무
강물은 또 길을 열어 복음(福音)처럼 흐르고

*이중섭의 그림, 1954년 진주에서 완성함

소록도 1

바람 불면 시린 자리, 꽃으로 지는 생애
수면 위 돌팔매는 까치발로 뛰어가고
어쩌다 풍랑에 밀린 쪽배 하나 떠갑니다

어둠 씻는 종소리 탑을 타고 내립니다
쓸려나간 언덕마다 온몸에 가시가 돋쳐
찔레꽃 하얀 군상들 어둠 뚝 뚝 흘립니다

노을빛 깔고 앉아 한 여인이 웁니다
순도 높은 금가락지 눈꺼풀에 걸리고
바다는 산통을 안고 입술을 깨뭅니다

소록도 2

1.
결코, 파도는 혼자 울지 않는다
삭은 눈물만큼 눈썹도 바스러지고

돌아선
그녀 뒷모습
뼈만 하얀
사랑

2.
새벽 소록도는 갓 낳은 새끼 사슴
자궁액 흥건히 일어서다 쓰러지는

아직 채
눈을 못 뜬 섬
핥고 싶다
어미처럼

늦가을의 시

〈가을〉
낡은 군복 빛깔의 사진첩 갈피갈피
여름 내 허기지던 아이는 목이 길다
기찻길 소실점 너머
코스모스 손사랫짓

〈당신의 숲〉
당신의 숲속에서 뮤즈를 탐한 죄
성전 앞에 엎드려 용서를 빕니다
일순간 또, 젖고 맙니다
그녀의 춤사위에

찻잔

〈도자기 가마〉
네 입술엔 은밀한 내막이 숨어 있다
휴지 같은 주식이나 부동산 거래가 아닌
혁명의 불길 속에 던져진
그 음모(陰謀)의 미소가

〈가고시마 도요지〉
그녀의 영토에는 늘 눈물이 서려 있다
옛 도공 어린 딸의 슬픈 눈망울엔
어혈진 조선 하늘이
찻물처럼 스며 있다

청화백자 난초문 호리병

크렁한 수평선 너머 눈썹달 이울던 날
달빛 조각 끌어안고 파도만 흐느꼈다
한사리 그믐 북새에
휩쓸려간 백자야

한때는 사뿐한 몸매 난 무늬 곱게 두르고
늙은 도공 무릎 위에 다소곳이 앉아 있던
눈 주면 빨려들 듯한
우윳빛 살결이었어

일본 가요 질펀한 가고시마* 거리 술집
하필이면 예 와서 휘둘리고 부대끼는가
백자야, 씀바귀로 울어라
쓴 물 다 토해놓고

*일본 규슈(九州) 남단에 있는 도시

운문사 북대암

떠나온 사람들이 허공에서 펄럭인다

알고 보면 모두가 한낱 티끌인 것들

이 가을, 절집도 그저

떠가는 한 점

구름

가을비

귀뚜라미 풀빛 울음 단풍 든 푸서릿길

머리 푼 내 누이 소슬히 가고 있다

지아비 묻은 고개를

아슴푸레 넘고 있다

초겨울의 시(詩)

비명에 간 내 형의 넋을 사르는 녘

하얀 새 한 마리 허공을 날아간다

아무나 가 닿지 못한

저 무한의 그곳으로

낙엽

'허무하고 쓸쓸하다'는
수식어가 다 구차하다

붉을 때 붉을 줄 알고 떠날 때 떠날 줄 아는

얼마나 간결한 삶이냐
잡은 손을

턱,
놓
는
.
.
.

짙은 남도 가락으로 펼치는 서정과 해학

김석근(시조시인)

1.

이태호 시인이 드디어 첫 시조집 『달빛 씨알을 품다』를 세상에 내어 놓는다. 서시 「황혼 즈음」에서 이태호 시인은 '산국 향기 무르녹은 내 사유의 놀빛 산란 팽팽한 기다림 끝에 낚아 올린 은빛 시편 이제는 방생해도 되겠다'고 했다. 시조의 매력에 이끌려 뒤늦게 시작한 창작의 길, 긴 세월 동안, 참 부단히도 연찬하고 수많은 작품을 써 왔지만 그의 완벽주의와 겸양으로 오랜 세월 가슴 속에 품고 지내다 이제야 방생을 하게 되었다. 환영하고 축하할 일이다. 오랜 세월 숙성시킨 그의 시편들이 가뭄 끝 단비 같은 시의 향기에 목마른 독자의 마음을 흥건히 적셔 줄 것을 기대하면서 그의 시조의 면모를 살펴보자.

2.

이태호 시인의 첫 시조집 『달빛 씨알을 품다』에서 가장 먼저 눈에 띄는 것은 이태호 시인의 시적 대상에 대한 각별한 관심과 애정이다. 원초적 가족애에서 출발하여 눈이 가는 모든 사물로 대상을 확대하여 사랑으로 모든 사물을 지켜보며 시상을 전개하고 있다. 낳아 주고 길러 주신 부모님은 말할 나위도 없거니와, 특히 부인에 대한 애정은 부러운 마음이 들 정도다.

아궁이의 불빛은 어머니처럼 따뜻했다
누렁이는 눈치 살피며 주위를 겉돌았고
솔가지 타는 연기는 허기로 피어올랐다

손맛 담아 버무린 다정한 저녁 한 끼
바닥난 빈 그릇에 눈빛들 고물거리면
어머닌 구들장처럼 무너져 내려앉았다

그때는 정말 몰랐어 철 들고서 알았어
밤이면 무덤가에 쑥국새는 왜 우는지
조팝꽃 환한 내막을 이운 뒤에 알았다

　　－「조팝꽃 환한 내막」 전문

살아가며 심신이 힘들 때, 누구나 제일 먼저 어머니 그리고 고향 산천을 떠올린다. 이태호 시인 역시 어머니가 그리우면 고향 들녘에 지천으로 피어나던 하얀 조팝꽃을 먼저 떠올린다.

옛적, 우리네 어린 시절은 너나없이 숙명처럼 가난하게 살아 왔고 그 가난의 중심에는 늘 어머니가 계셨다. 줄줄이 딸린 어린 자식들을 제대로 먹이지도 입히지도 못해 '바닥난 빈 그릇에 눈빛들 고물거리면' '어머닌 구들장처럼 무너져 내려앉'으셨다. 그 어머니의 마음을 어린 자식들이 어찌 다 헤아릴 수 있었으랴. 세월이 흘러 '조팝꽃 하얀 웃음이 지고 난 뒤'에야 어머니는 '밤이면 무덤가에서 울던' '쑥국새'였음을 깨닫고 애통해 하는 자식의 한이 깊은 공감을 일으킨다.

이태호 시인이 어머니를 기리는 그리움과 사모의 정은 '못내 채우지 못한'(『빈 괄호』), '햇살처럼 쏟아지는 씨알 고운 사투리'(『고향 사투리』), '젖가슴이 마치 텅 빈 우렁이 껍데기'(『어머니』), '개펄 위 폐목선'(『다시 그 섬에 들다』)로 어머니에 대한 사모의 정을 절절히 토로하고 있다.

「그리운 헛기침」에서 '뒷간에 갈 적'마다 헛기침으로 신호를 하시던 아버지는 '늙은 수사자'였다며 '거나하게 외상 술 드시고' 와서 '어머니의 구시렁대는 등쌀'에 대꾸도 못하고 '벽 보고 뒤돌아 앉아 맥없이 내던' 아버지의 그 헛기침 소리를 그 때의 아버지의 나이가 되어 사무치게 그리워하고 있다.

또한 이태호 시인의 아내에 대한 애타는 사랑의 시는 시조집『달빛 씨알을 품다』의 주요 제재로 한 편, 한 편, 독자의 마음을 사로잡고 있다. 이태호 시인은 아내와의 사랑을 일 년 사계절, 계절의 순환에 맞춰 나타내고 있다. 젊은 시절의 아내는 시조 「아내의 봄」에서 '한동안 가슴 앓던 첫사랑의 붉은 기억'으로 운을 뗀 뒤 '유채꽃 꽃밭에 놓인 벤치'에서 '지친 깃을 접'은 날부터 그들의 사랑은 시작된다고 했다. '씨줄 날줄 몸을 섞고 두 마음 휘휘 감아 두견이, 울음 붉을 때 꽃 맺어요 봉긋이'(「꽃매듭」 중 종장), '창포물에 머리 감고 젖은 채 숲에 들면 놀빛 든 아내 몸에서 풋풋한 풀내가 난다'(「만춘」 종장), '목덜미 흰 아내가 술상을 차려 왔네 술잔은 한 줄 시 같고 따르는 손은 목련 같네'(「해토머리 1」 중 종장) 등에서 젊고 고운 시절의 아름다웠던 아내의 모습을 그리고 있다. 참 고운 꽃길을 걷던 시절이었으리라.

봄이 지나 왕성한 중년의 여름, '밤이면 여미어 다가와 함빡 웃는 홍련꽃'(「만월」)으로 피어나다가 「화장을 지우는 아내」에서 '촉촉이 벙근 꽃잎'인 아내를 '속살 슬쩍 드러낸' '아슬한 꽃의 절정'이라 하며 '육체파 먼로의 체취'를 넘어 '동백꽃 향기'로 자랑하고 있다. (자신도 약간은 계면쩍었는지 '오! 상큼한 이 은유!'라고 슬쩍 딴청을 부리지만…)

아무튼 부인에 대한 애정의 농도는 그 깊이를 모를 정도다.

세월은 흘러 가을이 왔다. 봄, 여름을 지난 가을의 그의 사랑은 눈에 보이는 육감적 사랑에서 내면적 사랑으로 깊이를 더하고 있다. 「가을 아내 1」에서 오랜 세월을 살아오는 동안 그녀의 몸에선 '양념 냄새'가 나고 '그늘 깊은 눈

자위'에 '떨리는 어깨', '가랑잎 흩날리는' '아내의 가을'이 온 걸 보며, 연민의 정을 느끼며, 더구나 '어찌 저 세월을 노 저어 갈 것인가'라며 되돌릴 수 없는 시간의 흐름을 한탄할 때 '슬며시 내보인 아내의 속말'을 감지한 시인의 가슴은 무너져 내린다. 이어 「가을 아내 2」에서 아내의 '저무는 가을 소리' 즉 '밤새 가늘게' 떨며 내는 '갈대청 울음소리'를 듣고, '지느러미 헤지도록 굽이굽이 오르다가' '모천에 몸'을 푸는 연어의 '붉게 붉게 앓는' 소리를 들으며 시인은 아내에 대한 한없는 미안한 마음을 드러낸다.

불타는 태양과 열정의 여름을 지나, 자식들 다 떠나보내고 부부만의 세월을 반추하며 즐기는 현재의 사랑을 「가을 아내 1, 2」 그리고 「아내의 발을 보며」로 아내에 대한 사랑 노래의 결정판을 이루고 있다.

티눈 박인 저 맨발, 사막 속 선인장 같다
굽 닳은 가죽신을 낙타처럼 끌고 온
짓물러 쓰라린 날들
꽃물마저 지워졌다

모랫벌을 질러온 발자국의 고된 순례
오늘, 나는 보네 허방 짚던 비탈길을
별자리 키워낸 흔적
그 길을 지금 보네

세월이 덧쌓이면 굳은살로 박이는가
엄숙히 무릎 꿇어 저 발에 입 맞추고
한 동이 향수를 뿌려
내 죄를 씻고 싶다

–「아내의 발을 보며」 전문

발은 우리 몸의 가장 밑바닥에서 자신의 중량을 떠받혀 지탱하며 말없이 희생 봉사하는 존재다. 특히 사랑하는 사람의 발을 씻어 주는 세족은 가장 성스러운 사랑의 표현이다.

첫째 수에서 '굽 닳은 가죽신을 낙타처럼 끌고', '짓물러 쓰라린 날들'을 겪어 오는 동안 손톱에 봉숭아 물들이던 그 곱던 모습의 '꽃물마저 지워지고', '사막의 선인장' 같이 '티눈 박인' 아내의 '맨발'을 보며 안타까운 마음으로 바라보는 지아비의 마음이 그대로 한 편의 순애보가 되어 읽는 이의 감동을 불러일으킨다. 이어 둘째 수에서는 '모랫벌을 질러온 발자국의 고된 순례'와 '허방 짚던 비탈길'에서 '별자리 키워 낸' 굳은살 박인 발을 통해 험난했던 그 길을 보면서 아내의 내조와 희생에 감동한다. 셋째 수의 마무리가 절정이다. '엄숙히 무릎 꿇어 저 발에 입 맞추고 한 동이 향수를 뿌려 내 죄를 씻고 싶다'고 직설로 다짐을 한다. 시적 기교가 없는 이 대사! 무슨 말이 더 필요할까. 한 동이 향수를 뿌리겠다는데….

3.

시조집 『달빛 씨알을 품다』에 실린 시들을 읽으면서 이태호 시인의, 우리의 문화 전반에 남다른 안목과 식견에 감탄하게 된다. 「진도아리랑에 부쳐」, 「가야금 산조」, 「박물관 소견」, 「청화백자 난초문 호리병」, 「분청사기 꽃병」, 「당초무늬 찻잔」 등 많은 시편의 제목만 봐도 이 시인의 우리 문화 사랑, 토속 민요, 국악, 문화재적 유물 등에 이르기까지 시적 관심과 전문적 식견을 짐작할 수 있다.

시조 「진도아리랑에 부쳐」에서는 진도 아리랑의 구성진 가락을 '토문강 물줄기'가 '백두산을 휘감아 도는' '낭창낭창 어깨춤'으로 표현하며 광활한 땅을 호령했던 고구려까지 시적 상상력을 넓힌다. 또한 「가야금 산조」에서는 가야금의 그 애잔한 가락을 '한바다 물밀어오는 선홍빛 그리움의 돛배 하나'가 '가라앉는', '숨어서 타는 서러운 가락'이라 운을 띄우고 '남몰래 울어 울어' '얼기설기 풀어 낸' '명주실'이 온몸이 젖은 가슴으로 울다. '돛배 가득 싣고 온 햇살'로 '눈물진 고운 얼굴 보듬어' 맞겠다는 새로운 희망의 바람으로 승화시키는 심미안과 감성의 미적 표현이 돋보인다.

「청화백자 난초문 호리병」에서는 예술품을 보는 이태호 시인의 깊은 심미안을 넘어 그의 역사의식으로까지 발전함을 알 수 있다.

크렁한 수평선 너머 눈썹달 이울던 날
달빛 조각 끌어안고 파도만 흐느꼈다
한사리 그믐 북새에
휩쓸려간 백자야

한때는 사뿐한 몸매 난 무늬 곱게 두르고
늙은 도공 무릎 위에 다소곳이 앉아 있던
눈 주면 빨려 들듯한
우윳빛 살결이었어

일본 가요 질퍽한 가고시마 거리 술집
하필이면 예 와서 휘둘리고 부대끼는가
백자야, 씀바귀로 울어라
쓴 물 다 토해놓고

    ―「청화백자 난초문 호리병」 전문

「청화백자 난초문 호리병」의 '수평선 너머 눈썹달 이울
던 날' '한사리 그믐 북새에 휩쓸려 간' '백자'는 일본 '가고
시마 도요지'에서 '찻물처럼 스며 있는' '옛 도공 어린 딸의
슬픈 눈망울'과 오버랩이 되어 그냥 단순한 유물의 감상
을 넘어 우리의 지난 뼈아픈 역사를 일깨워 주며 시인의
역사의식을 드러내고 있다. '한때는 사뿐한 몸매'에 '난 무

늬 곱게 두른' '눈 주면 빨려들 듯한 우윳빛 살결'의 고운
자태의 소녀(백자)가 '일본 가요 질퍽한 가고시마 거리 술
집'에서 '휘둘리고 부대끼는' 안타까운 상황을 우리의 아픈
역사와 대치하여 '백자야', '쓴물 다 토해 놓고' '씀바귀로
울어라'로 절규하고 있다.

이태호 시인의 이러한 역사의식은 그의 확고한 국가관
과 역사의식에서 기인됨을 쉽게 알 수 있다.
연작시 「백두대간을 건너며」의 〈패랭이꽃〉에서 '가리
라, 힘을 모아 끝내 벼랑일지라도 붉은 호령 솟구치는 찬
란한 승리 향해 분연히 번져가리라 수천 수만 수십만' 하
고, 〈색소폰〉에서는 '목울대 핏대 굵은 백두대간 우레처
럼 울어라, 내 한반도여 척추뼈로 울어라'고 〈황태덕장〉
에서는 '살 에는 송곳 바람 모가지 꿸지라도, 저 휘몰아치
는 백만 대군 서릿발'이라고 소리 높여 외치며 남북통일
을 넘어 옛 고토 회복까지 희망의 메시지를 던지고 있다.
그리고 「엉엉」에서는 '동박새 꽃잎 떨구며 철 따라 붉
게 울고 바람은 가지에 달려 줄기차게 우는 데 나는 왜 사
내로 태어나 실컷 울지 못하나'라 하고, '드난살이 팍팍할
때'는 '물음표로 울었고', '어버이 주검 앞에 느낌표로 울
었'는데 '한 번은 휴전선에서 속울음 울었'다고 탄식하며
'강 물결 환호작약 들꽃들의 축제 속에 동토에 봄이 오면
범 되어 울어야겠네 백두산 천지에 올라 수컷처럼 어엉-
엉'이라며 그의 장부적 기개와 울분을 토로하고 있다.

4.

이태호 시인이 시조집 전편에 숨은 듯 내재되어 있는 유머와 해학을 놓쳐서는 안 된다. 무릇, 운문이든 산문이든 그 글 속에 유머, 위트 등 웃음의 미학이 없으면 그 글은 죽은 글이나 다름없다. 이태호의 시에 나타난 보석 같이 빛나는 웃음의 미학을 살펴보자.

「유년의 고향」에서 땡볕 아래서 보리타작을 할 때 가장 힘든 것은 목이나 온몸에 붙는 보리 가스라기이다. 가뜩이나 땀은 흐르는데 보리 가스르기가 목에서 온몸에 붙으면 참 환장할 지경이다. 그런데 아버지는 그 와중에 새참으로 드셨는지 '술 거나하니 낮달로 떠 있'으니 빨리 타작을 해야 하는 어머니의 마음이 어떠했을까. 남편에게 바로 화풀이는 못하고 뜬금없이 그 화살은 화자에게 와 '꽂'히게 된다. '잔뜩 뿔 난 철부지'는 어머니에게는 대들지 못하고 죄 없는 '소 궁둥이 냅다 지르면' 영문 모르고 놀란 소는 펄쩍 날뛰고 장대비는 쫓아오고…, 마치 집안에 시아버지가 화를 내면 그 화가 시어머니, 며느리를 거쳐서 마당의 강아지가 매를 맞는다는 옛 이야기를 생각하게 하는 장면이다. 어떤 수식도 없이 전개되는 소년의 화풀이 장면이 읽는 이의 웃음을 자아내게 된다.

「노루궁뎅이버섯」에서는 '짝짓기하던 암노루 인기척에 깜짝 놀라 넋은 그냥 버려두고 몸만 챙겨 뛰는데'에서는 춘향전 어사 출도 장면과 그 배경 음악인 휘모리장단이

떠오르며, '허전해 뒤돌아보니 궁둥이가 없다'니 웃음이 나오지 않을 수 없다. 거기에 그 궁둥이를 찾아보니 그 사이 참지 못하고 '줄참나무 등걸에 첩실처럼 엉겨' '어느새 건들바람이 몇 번 훑고 갔'다니!

'노루궁뎅이버섯'의 재미난 이름에서 나온 시적 발상부터 사건의 전개가 너무 재미있고 마지막 종장에 와서는 약간의 애로틱한 요소까지 가미되어 입가에 웃음을 짓게 한다.

그러나 이태호 시에 나타난 이러한 웃음은 단순히 웃고 넘어 가는 것이 아니라 그 웃음 속에 깊은 철학과 삶의 진리를 담고 있다는 점을 간과해서는 안 된다.

1.
문 하나 사이에 두고 하늘 참 다르구나
매화 벌 때 아픔이며 꽃잎 질 때 시원함
소슬히 바람만바람만
진눈깨비 흩날린다

2.
파리가 땅에 엎드려 묵상하는 시늉이다
필생 걸어온 길을 가늠해본 것일 텐데
제 깜냥 해본 일이라곤
먹고 싸고 번식한 일

3.
결국 생은 설핏 번진 묵언의 별똥 같은 거
가령 매명(埋名)의 엉덩이가 남긴 몇 올 온기
삶이란 바로 이런 거
머문 바람의
찰나

　－「해우소에 앉아」 전문

　배변하는 장면을 '매화 벌 때 아픔이며 꽃잎 질 때 시원
함'이라 하고 이어서 배변하는 모습을 '파리가 땅에 엎드
려 묵상하는 시늉'이라고 했다. 해우소 안에서 '해본 일이
라곤 먹고 싸고 번식한 일'뿐인 파리와 화자의 삶이 별 다
를 바 없다는 화자의 깊은 회환이 행간에 묻어나는 시인
의 철학적 사유를 엿볼 수 있다. 이와 같이 파리와 마주
보며 엉거주춤한 자세로 시상을 전개하는 시인의 모습에
서 저절로 웃음이 나온다. 그러나 그냥 웃기만 할 일이 아
니다. 명색이 부처가 계시는 절간의 해우소다. 생리현상
인 배변, 엉거주춤 앉아서 용을 쓰다 드디어 '엉덩이가 남
긴 몇 올 온기'가 아래로 떨어지는 순간, '결국 생은 설핏
번진 묵언의 별똥 같은 거'라는 진리를 깨닫는다. 삶이란
바로 이런 거라고….

5.

이 시조집에서 또 하나 놓칠 수 없는 것은 표현의 선정성이다. '후생에 다시 만나도 당신과 몸을 섞을'(「촛불 1」종장), '우리 또 청실홍실 꽃 한 송이 피워요 씨줄 날줄 몸을 섞고 두 마음 휘휘 감아 두견이, 울음 붉을 때 꽃 맺어요 봉긋이'(「꽃매듭」전문)에서처럼 직설로 나타내는가 하면, '꽃물 오른 이 내 정을 오색 실 수를 놓아 그대 가슴 깊숙이 두리둥실 달 띄워놓고 상사화, 상사화 같이 꽃대 하나 올립니다'(「촛불 2」전문)와 같이 은유와 상징을 사용한 은근한 사랑의 고백도 있다.

또한 '창포물에 머리 감고 젖은 채 숲에 들면 놀빛 든 아내 몸에서 풋풋한 풀내가 난다'(「만춘」중 종장)와 '밤이면 여미어 다가와 함빡 웃는 홍련꽃'(「만월」종장)처럼 야릇한 연정을 암시하고 있다.

'떠나간 내 첫사랑 보름달도 둥시럿 풋내 나던 속정까지 탱탱하게 익어서 천하에 몹쓸 가시내 곱기는 썩을 것이'(「단감」둘째 수), '가물어 더 탱탱해진 여름 끝물 개살구 씨알 몇 달랑 매단 고것도 살구라고 물오른 개울가 자두 낯빛 후끈 달아라'(「개살구」전문), '몰라, 몰라, 눈 흘기며 노랑 입술 삐쭉 삐쭉 싫어, 싫어, 고름 풀어 봄바람 후리고는 단 한 통 연서(戀書)도 없이 훌쩍 떠난 계집애'(「개나리」전문)에서는 마치 가요 '갑돌이와 갑순이'의 가사에 나오는 '안 그런 척, 모르는 척, 고까짓 것 했더래요'의 우리네 반어적 표현과 능청을 부리면서 선정성을 은근히 나타내고 있다.

도자기를 노래한 「분청사기 꽃병」에서도 유물에 대한 탁월한 심미안에다가 '구절초 꽃 서너 송이 머리맡에 꽂아두고 색시 적 그녀인 듯 분 냄새를 맡나니 살빛은 곡선을 타고 흐벅지게 흐른다'면서 '명주 천 펼쳐놓고 외간 달빛 끌어들여 몰래 살 섞는 동안 귀뚜리 숨죽이나니 꽃대는 어둠 속에서 시나브로 흔들리고', '살짝 열린 꽃술 위로 바람 슬몃 스칩니다 당초무늬 나긋나긋 마음 따라 설레나니 옹골진 분청 꿀피부 만지고 또 만집니다'라고 하여 「분청사기 꽃병」의 신묘한 곡선미를 여인의 여체로 설정하여 은은한 선정성을 내비치고 있다.

이렇게 비유와 능청으로 나타나던 선정성은 '명자꽃 절벽 끝에 아스라이 흔들리다 처연히 몸을 던지는 선홍빛 찰나'(「사랑은」 셋째 수 중 종장), '볼기짝 도드라져 오를 대로 꽃물 오른 실팍진 속살 좀 봐 어쩌나 저걸 어쩌나 동백꽃 확 지르네 오메, 저 가시내'(「만리포 동백」 전문), '무시로 두 입술이 쩽 하고 부딪나니 채워도 채워도 허기진 선홍빛 정사(情事) 뜨거운 취기의 곡선이 아랫도리 감는다'(「포도주잔」 전문), '날 봅서, 그대 날 봅서 꽃물 오른 이 몸을'(「유채꽃」 종장), '차오른 이 몸을 두고 어디 갑서 애월!'(「애월」 종장), '저것은 빛의 몸부림 아! 통정(通情)의 그 절정'(「노을」 종장), '괄약근 조였다 풀듯 화들짝 문을 열다'(「나비축제」 둘째 수 종장), '한바탕 출렁거린다 아으! 저, 오르가슴'(「나비축제」 셋째 수 종장), '창문에 얼비치는 돌쇠 부부 실루엣 한

바탕 뜨거운 체위 숨가쁘게 감는다'(「맷돌」 중 종장) 등에서
는 적나라한 원색적인 표현도 마다하지 않는다.

　그러나 그의 이 직설적, 원색적 표현도 천박하거나 비천
하지 않고 오히려 독자로 하여금 적당한 호기심을 불러일
으키게 하면서 시의 효과를 드높이고 있다는 것은 이태호
시인의 차원 높은 독자 유인술이 아닌가 한다.

　6.
　이태호의 시조집『달빛 씨알을 품다』에 수록된 시조는
형식상 장별 배행, 구별 배행, 장과 구의 혼합 배행 등 여
러 가지 형식을 시도하고 있으나 시조의 정형에는 어긋나
지 않는 정형성을 지키고 있다. 그러나 시상의 전개와 호
흡의 필요에 따라 시행 배열의 변화를 시도 하는 몇 개의
작품에서 시인은 시적 효과를 노리고 있다. 그 중에서 압
권이 「포도주 잔」과 「팽이」다.

무시로
두 입술이
'쨍'하고 부딪나니

채워도 채워도 허기진
선홍빛 정사(情事)

뜨거운 취기의

131

곡선이
아
랫
도
리
감는다

―「포도주 잔」 전문

이 한 몸
곧추세운 건
매서운 회초리었네

허공에 울부짖었네
클로디어스 독백처럼

사람아
흔들리는 사람아
얼음 강에
서보라
!

―「팽이」 전문

한글서예에서 한글 자음과 모음을 그림처럼 형상화, 시각화하여 일필휘지하는 '상형한글'이라는 서체가 시도되고 있는데 이 두 작품은 바로 서예의 '상형한글'과 같은 시도로 보인다. 「포도주 잔」과 「팽이」에서 행의 배치를 다소 변화시켜 시각적 효과를 나타내어 누구나 단번에 알아 볼 수 있게 한 시도가 흥미롭다. 단순히 표기적, 조형적 변화를 준 데 그치지 않고 그 내용에 있어서도 가히 절창이다. 포도주 잔에서는 여인의 나신 같은 날씬한 형태를 먼저 연상하고 두 잔을 마주치는 모습을 '두 입술이 쨍하고 부딪힌다'는 표현, 포도주의 붉은 색의 선정성을 끌어 와 '채워도 채워도 허기진 선홍빛 정사'라고 잇고는 술 한잔 하고 난 뒤의 '뜨거운 취기의 곡선이 아랫도리를 감는다'고 했다. 압권이다.

팽이에서도 팽이의 모습을 외형상으로 그대로 표현한 것도 신기하지만 '이 한 몸 곧추세운 건 매서운 회초리었네 허공에 울부짖었네 클로디어스 독백처럼 사람아 흔들리는 사람아 얼음 강에 서 보라'고 하며, 삶의 한 진리를 느끼게 해 주고 있다. 이태호 시인다운 발상이며 예지라 아니 할 수 없다.

또한 「만리포 동백」과 같이 음보별 행 배치를 하기도 하고, 「낙엽」의 종장 후구에서 행 배치에 변화를 주어 종장의 호흡의 흐름을 늦춰 시적 효과를 노리고 있다.

시조의 정형시라는 형식적 제약 때문으로 시조 표기에

대한 고민은 숙명적이다. 이태호 시인은 이 형식적 고민을 시조의 정형율을 깨뜨리지 않는 범위에서 여러 가지 형식적 변환의 시도를 하고 있다. 그리고 이러한 시도는 앞으로도 계속적으로 탐구해야 할 과제이다.

7.

이태호 시인은 시조에 대한 남다른 애정과 열정으로 오랜 시간 시조 창작만 정진해 왔으며 넓은 문화적 안목과 식견, 그리고 오랜 세월 연마한 그만의 시적 장치를 이용하여 많은 작품을 창작, 소장하고 있으나, 타고난 겸손과 숙고로 이제야 첫 시조집을 상재한다.

이 시조집의 표제시『달빛 씨알을 품다』에서 시인은 '모란 향기 촉촉한 그대의 밀어 한 줌 냇물 소리 낭랑한 시(詩)골 답에 흩뿌릴까 비단결 내 원앙침에 고이 묻어둘까나'라며 아직도 내심 숙고하는 모습을 보이고 있다. 아니다. 이제 첫 시조집이 상재되어 세상에 내놓았으니 서시「황혼 즈음」에서 밝힌 대로 '팽팽한 기다림 끝에 낚아 올린' 그 '은빛 시편'들, '그대의 밀어'들을 만방에 '방생', '방출'하여 시적 정서에 목마른 이들을 구휼할 중대한 의무가 이태호 시인에게는 있다.

하여 이태호 시인의 격조 높은 시조가 수많은 독자의 가슴을 파고 들어 독자의 메마른 가슴을 위무하고 이태호 시인만의 시조의 향기가 온 세상에 퍼져 나가기를 기원한다.

그리고 이 시조집 99편의 시조 마지막을 이렇게 맺는다.

'허무하고 쓸쓸하다'는
수식어가 다 구차하다

붉을 때 붉을 줄 알고 떠날 때 떠날 줄 아는

얼마나 간결한 삶이냐
잡은 손을

턱,
놓
는
　·
　·
　·

－「낙엽」 전문

달빛 씨알을 품다

이태호 지음

발 행 처 · 도서출판 청어
발 행 인 · 이영철
영   업 · 이동호
홍   보 · 천성래
기   획 · 남기환
편   집 · 방세화
디 자 인 · 이수빈 | 김영은
제작이사 · 공병한
인   쇄 · 두리터

등   록 · 1999년 5월 3일
(제321-3210000251001999000063호)

1판 1쇄 발행 · 2022년 3월 30일

주소 · 서울특별시 서초구 남부순환로 364길 8-15 동일빌딩 2층
대표전화 · 02-586-0477
팩시밀리 · 0303-0942-0478

홈페이지 · www.chungeobook.com
E-mail · ppi20@hanmail.net
ISBN · 979-11-6855-018-6(03810)